Esperando a los bárbaros

de J. M. Coetzee

J. M. COETZEE

UNA VIDA OCULTA

- **Nacido en 1940 en Ciudad del Cabo (Sudáfrica)**
- **Premios literarios:**
  - Premios James Tait Black Memorial (1980) y Geoffrey Faber Memorial (1981) por *Esperando a los bárbaros*
  - Premio Booker por *Vida y época de Michael K.* (1983) y por *Desgracia* (1999)
  - Premio Jerusalén (1987)
  - Premio Nobel de Literatura (2003)
- **Algunas de sus obras:**
  - *Vida y época de Michael K.* (1983), novela
  - *Foe* (1986), novela
  - *Desgracia* (1999), novela

J. M. Coetzee es considerado uno de los más grandes escritores contemporáneos en inglés. Sin embargo, en su familia se hablaba, además de ese idioma, el afrikáans, una derivación del neerlandés, hablada en el sur de África. Los ancestros de Coetzee habían sido colonos holandeses que llegaron a Sudáfrica en el siglo XVII. También es descendiente de inmigrantes polacos y alemanes.

Coetzee forma parte de una generación reciente de escritores, más entregados a la academia y a la reclusión que a las aventuras o a los viajes. A diferencia de un escritor como Hemingway, que participó en varias guerras y fue deportista y torero aficionado, Coetzee pasó varios años de su vida en las aulas: se especializó en artes, literatura y matemáticas, y también se interesó por la informática. Después de trabajar como ingeniero de sistemas y de haber estudiado y ejercido como profesor en Estados Unidos y en su natal Sudáfrica, Coetzee empezó una nutrida producción literaria.

Poco o nada más se sabe sobre Coetzee. Es casi un monje. Un desquiciado. Un hombre totalmente entregado a la literatura. Es reclusivo y no concede entrevistas. Escribe todos los días. No tiene vicios. No habla en reuniones sociales. Solo en algunos de sus libros —*Infancia. Escenas de una vida de provincia*, *Juventud* y *Verano*, parte de una serie semiautobiográfica— se pueden adivinar acontecimientos de su biografía.

ESPERANDO A LOS BÁRBAROS

ENEMIGOS ENFRENTADOS

- **Género:** novela
- **Edición de referencia:** Coetzee, J. M. 1989. *Esperando a los bárbaros*. Madrid: Alfaguara
- **Primera edición:** 1980
- **Temáticas:** vejez y tiempo, cuerpo, sueño, colonialismo

Esperando a los bárbaros fue editada por primera vez en 1980 y contó con un gran éxito. Un magistrado anónimo, regente de una provincia límite de un imperio, ve truncada su tranquilidad cuando el ejército imperial llega al territorio que gobierna. El ejército emprende una expedición fuera de los límites del imperio y, cuando regresa, trae cautivo a un grupo de bárbaros. Más tarde, el ejército se va de la provincia pero deja un legado de podredumbre. El imperio espera la invasión de los bárbaros, que no hablan, y de los cuales solo se ven huellas: sombras caminando y unas tablillas antiguas e indescifrables.

RESUMEN

LA TRANQUILIDAD INTERRUMPIDA

Es una voz. ¿De quién es? ¿Quién habla? La voz que nos habla es la de un magistrado de una provincia imperial. La voz es lenta. No tiene prisa. Es la voz de un anciano. El magistrado, protagonista sin nombre de *Esperando a los bárbaros*, pasa sus días manteniendo relaciones sexuales con trabajadoras domésticas de su casa, estudiando tablillas antiguas que ha recuperado del suelo y pensando mucho. Anota sus sueños, casi siempre relacionados con niños y con la provincia que regenta, en un diario.

Esta tranquilidad, la tranquilidad de la vejez, se ve interrumpida cuando una enorme fracción del ejército imperial, bajo el mando de un tal coronel Joll, llega al pueblo y toma el cuartel. Tienen información delicada: los bárbaros, indígenas que viven al otro lado de la frontera, planean un ataque. Para el magistrado sin nombre, un escéptico, se trata de fabulaciones.

Pronto, los soldados salen de los límites del pueblo y del imperio. Están ausentes durante muchos días y el magistrado se pregunta por su suerte. El ejército imperial, liderado por el coronel Joll, regresa a la provincia después de su expedición. Los estandartes y banderas ondean victoriosos, y los niños corren al encuentro de los soldados. Sin embargo, no todo es dicha o, más bien, la dicha se basa en lo visceral: el ejército ha llevado al pueblo a un nuevo grupo de bárbaros cautivos, y usan el cuartel para interrogarlos y torturarlos.

El magistrado no puede estar al tanto de lo que pasa en las interrogaciones. Oye algunos gritos y sabe de oídas, gracias a sus subalternos, de los tormentos a los que son sometidos los bárbaros. Incluso sabe que han matado a algunos. En la plaza pública, los soldados hacen de la tortura un espectáculo mientras el pueblo observa las vejaciones perpetradas contra los bárbaros. El magistrado, entre la multitud, también observa hasta que tiene que tomar la palabra. Se enfrenta a los soldados, quienes se burlan de él y lo hacen callar.

UN IMPROBABLE MESÍAS

La barbarie despierta sentimientos de compasión. El magistrado comienza a dejar de creer en el poder y la ideología del imperio: ¿son realmente los bárbaros unos inadaptados y violentos pueblos que ni siquiera dominan el lenguaje? La visión de los bárbaros en el pueblo deja atónito al magistrado: en realidad, se trata de un pueblo pacífico que intenta comerciar con sus vecinos y sobrevivir.

Mientras tanto, el magistrado se hace cargo de una muchacha que forma parte del grupo de bárbaros que llevó el regimiento militar a la provincia. La relación es extraña. Nunca mantienen relaciones sexuales mientras están en la provincia; se desnudan y se masajean los cuerpos durante horas. La muchacha está herida e inválida, y comienza a trabajar en el servicio de la casa del magistrado. La voz del magistrado reflexiona bastante sobre su relación, casi paternal, con la muchacha. En esa medida, se diferencia de las relaciones que el magistrado mantiene con otras mujeres, las que trabajan en el prostíbulo local y las que forman parte del servicio de la casa.

El magistrado decide que es hora de que la muchacha regrese a su lugar natal, por lo que viajan al desierto, fuera de los límites de la provincia y del imperio, acompañados por un pequeño número de soldados. El viaje es duro: el agua y la comida escasean, y las tormentas del desierto hacen que no se pueda ver nada. Sin embargo, a pesar de las dificultades de la situación, la muchacha y el magistrado mantienen relaciones sexuales por primera vez.

Un día, a lo lejos, el grupo ve unas sombras y, aunque al principio se sienten amenazados por ellas, deciden seguirlas. El guía, un pescador de la región, ya no conoce las tierras que recorren, y el desierto se convierte en monte lentamente a medida que los viajeros caminan. Luego, en un extraño encuentro, entregan a la muchacha a las sombras que los guiaron, un grupo de bárbaros con los que intercambian algunos víveres innecesarios.

A los militares que acompañan al magistrado les parece que el viaje ha sido una pérdida de tiempo. Al volver, los soldados del ejército imperial han regresado a la provincia. El magistrado, además, ha quedado destituido de su cargo. El ejército imperial planea nuevas expediciones para controlar el avance de los bárbaros, pero el magistrado ya supone que los bárbaros no atacarán el imperio.

Con mesura, el magistrado nos cuenta que ha sido apresado por parte del ejército imperial acusado de congeniar con los bárbaros durante la expedición. Su cuerpo se comienza a deteriorar y se vuelve escuálido. Además, se le niega cualquier libertad y debe permanecer solo en su celda. Pronto, cuando pierde importancia, logra escapar de la celda, pero lo ha perdido todo y ahora es un indigente.

El magistrado también sufre la misma violencia que los bárbaros: ya no pertenece a la provincia, es un paria. Por haber imprecado al ejército, lo torturan y lo dejan vagar por el pueblo. Los soldados del ejército imperial siguen esperando el inicio de las nuevas campañas contra los bárbaros y el magistrado nuevamente asegura que estos últimos han vivido en ese territorio durante siglos sin hacer daño. El ejército deja una estela de decadencia sobre el pueblo antes de marcharse, al igual que a un grupo perdido y desubicado de bárbaros que no sabe qué hacer.

El magistrado retoma las riendas del pueblo, y los habitantes vuelven a vivir tranquilos. Cuando cae la primera nevada del invierno, los bárbaros siguen sin atacar la provincia más lejana del imperio.

ESTUDIO DE LOS PERSONAJES

La mayoría de los personajes de *Esperando a los bárbaros* son anónimos. Al igual que las sombras que caminan entre tormentas de arena en el desierto, estos personajes no son visibles, solo son delineados por el autor. A veces se describe sus cuerpos (por lo general dañados o heridos), pero carecen de nombre. Podría decirse que son arquetipos de otros personajes. No son individuos con identidad, sino unos cuencos vacíos.

EL MAGISTRADO

El magistrado es el primero de estos personajes sin nombre, al que ya nos hemos referido como «una voz». No sabemos mucho sobre él, solo que es viejo, que su cuerpo está flácido y que tiene una panza enorme que sobresale de su cuerpo huesudo. El magistrado es la cámara que captura el movimiento del pueblo o, mejor, es un escriba que va anotando acontecimientos. Le interesa la escritura y la narración, por lo que trata de descifrar el lenguaje de unas tablillas de madera que ha recogido en yacimientos arqueológicos.

Narra los acontecimientos con un lenguaje lento que se asemeja a su cuerpo, agotado por los años. Es prudente y escribe sus sueños con rigurosidad. Además, es curioso, gobierna sin prisas, lee, relee, y observa.

MUCHACHA BÁRBARA

Como el resto de los bárbaros, la muchacha que cuida el

magistrado (y viceversa) no conoce el lenguaje del imperio. Ha sido torturada por los hombres del ejército imperial, y el magistrado cura con paciencia sus heridas. La muchacha es también una sombra, no está delineada. Como no sabe hablar el lenguaje de sus captores, no sabemos su nombre, y se comunica con el magistrado a través de esos encuentros corporales: se masajean, se lavan. No se sabe nada más de su historia o, más bien, se sabe que su historia es la de otro mundo del cual solo se ven sombras, reflejos.

¿De dónde procede? ¿Quién es esta mujer y quiénes son los bárbaros? La muchacha es la puerta de entrada a un espacio impenetrable. ¿Si no hablan el mismo idioma del narrador, cómo sería posible conocerlos? Seguramente a partir de otro sistema de signos, la acumulación de signos del cuerpo: heridas, gestos, movimientos.

CORONEL JOLL

El coronel Joll es el encargado de las expediciones del ejército imperial contra los bárbaros. ¿Por qué conocemos su nombre y no el del magistrado o el de la muchacha? Es el único personaje del texto del cual sabemos que tiene un nombre. Joll pronuncia discursos e interroga a los bárbaros y a los habitantes de la provincia. Es un hombre duro y decidido, además de terco y violento: ordena y ejecuta las torturas contra los bárbaros y contra el magistrado. Según el texto, estas torturas hacen que las víctimas hablen.

LOS BÁRBAROS

El título del libro, *Esperando a los bárbaros*, explica de una vez su función en la obra. Los bárbaros son los personajes más importantes de esta y, sin embargo, no aparecen del todo en el transcurso de acontecimientos que nos cuenta la voz del magistrado. Como pueblo, los bárbaros aparecen primero encadenados y torturados por el general Joll, y luego como los extraños personajes que se encuentra el magistrado cuando devuelve a la muchacha a las montañas.

En ninguno de estos casos hablan, puesto que, como se ha dicho, los bárbaros no conocen la lengua imperial y los habitantes de la provincia no hablan el idioma de los bárbaros. Por ello, la comunicación entre los bárbaros y los habitantes de la provincia se basa en los gestos. La consecuencia más importante de ello es que no conocemos los rasgos físicos ni las costumbres culturales de los bárbaros. Todo lo que sabemos de ellos nos llega a través de los escritos del magistrado, que nunca logran realizar precisiones racionales o científicas.

Los bárbaros existen bajo dos formas en las páginas de la novela y en los territorios fuera de las fronteras del imperio: como pueblo vivo y en los registros arqueológicos encontrados por el magistrado. Los registros, tablillas de madera escritas, representan el pasado de los bárbaros y contienen textos que el magistrado no puede comprender, de la misma manera que tampoco puede entender —ni él ni los habitantes del imperio— su presente.

CONSIDERACIONES FORMALES

UNA ESCRITURA DESDE EL INTERIOR

Podríamos decir que *Esperando a los bárbaros* es un diario. Quien habla, la voz del magistrado, va registrando sucesos de manera copiosa, pero además reflexiona sobre ellos. Sin embargo, nunca se nos dice si realmente se trata de las anotaciones prudentes y exactas de un observador sobre el mundo que lo rodea, de un diario íntimo. La estructura del texto, sin embargo, sí es la de una interioridad:

> «El dolor es la verdad, todo lo demás está sujeto a duda. Es la conclusión que saco de mi conversación con el Coronel Joll, al que siempre me imagino con sus uñas limadas, sus pañuelos malva, sus delicados pies calzados con zapatos flexibles, en la capital que tan manifiestamente añora, chismorreando con sus amigos en los pasillos del teatro durante los entreactos» (Coetzee 1989, 18).

La escritura, por supuesto, es fundamental en la obra. Según lo que se lee, el funcionamiento del imperio se basa en los formularios, las cartas, los informes, los documentos oficiales. El trabajo del magistrado exige escribir todo el tiempo, y parece que las palabras del libro son un registro para la posteridad, una forma burocrática de llevar cuenta y de contar los acontecimientos de una época tranquila y, al mismo tiempo, turbulenta.

No obstante, la escritura de esta especie de diario se vuelve mucho más que la de un documento oficial, público. En principio, el magistrado habla sobre sus reuniones con Joll, en las que se discute el tema político de los bárbaros; sin embargo, su escritura se va volviendo íntima: describe su cuerpo, sus pensamientos, sus sueños, sus relaciones, sus investigaciones. En ese sentido, *Esperando a los bárbaros* es al mismo tiempo una introspección, un fluir de conciencia del personaje del magistrado, y un texto político sobre el colonialismo. Estos dos registros están ligados y no puede existir el uno sin el otro.

Es tanto así, que los sueños del magistrado se convierten pronto en una herramienta interesante y compleja para comprender la situación política en la provincia. Son representaciones inconscientes, irracionales o subconscientes sobre la ideología y los sucesos políticos del imperio y de la región límite, que colinda con los territorios bárbaros. En el siguiente ejemplo vemos cómo los edificios más importantes del pueblo se van cubriendo con un aura de podredumbre justo en el momento en que el ejército imperial llega:

> «La nieve cubre la tierra de blanco de un horizonte a otro. Cae de un cielo en el que la fuente de luz es difusa pero está presente en todos lados, como si el sol se hubiera descompuesto en neblina, o convertido en aura. En el sueño atravieso la entrada del cuartel, dejo atrás el asta desnuda de la bandera. La plaza se extiende ante mí, mezclándose en sus extremos con el luminoso cielo. Los muros, los árboles, las casas han menguado, han perdido su solidez, desplazados más allá del confín del mundo» (Coetzee 1989, 27-28).

La parábola

Esperando a los bárbaros ha sido descrito de la siguiente

forma: «*Esperando a los bárbaros* es una novela de clara intención moral: una parábola de una Sudáfrica desquiciada por el racismo, una denuncia de la brutalidad y de la arrogante ignorancia del poder» (Amazon 2017).

Más allá que una novela, este texto es, en realidad, una parábola. Pero, ¿por qué decirlo? ¿Qué es una parábola y qué características comparte con la novela de Coetzee? Una parábola es un texto didáctico, un ejemplo usado especialmente en textos religiosos, siendo conocidas en Occidente por su uso en la Biblia cuando Jesucristo habla.

Las parábolas, normalmente, son esquemáticas, no tiene personajes que se llamen «Arvey» o «Alejandra». En vez de eso, los personajes de las parábolas pueden ser cualquiera; no tienen nombres y nos podemos relacionar con ellos porque no tienen ninguna característica demasiado específica. Por ejemplo, en la Parábola de la moneda perdida, Jesús cuenta de un hombre que pierde una moneda de plata teniendo diez; cuando la encuentra, reúne a todos sus allegados para festejar con ellos la recuperación. El personaje, el hombre que pierde la moneda, es cualquiera, no hay ninguna mención a su nombre, o a que tiene una verruga roja en la nariz. En otras palabras, cualquiera que escuche esta historia puede identificarse con el personaje.

Así mismo sucede con el texto de Coetzee. En *Esperando a los bárbaros* solo hay un personaje específico, el coronel Joll, al que el autor dota de un nombre. En cuanto a los demás, el magistrado es eso, un magistrado cualquiera, de cualquier provincia en cualquier impero. Con los bárbaros sucede lo mismo. No se sabe si cuando la voz del magistrado habla de «los bárbaros» se refiere a los galos, asentados al este del Imperio romano; a los igbo, enfrentados al Imperio británico; a los wayuu, lejos de las fronteras del Imperio español; o a cualquier otro de los miles de grupos que los varios imperios de la historia han identificado como «primitivos», «bárbaros», «indígenas» o «aborígenes».

Como acabamos de indicar, la novela de Coetzee puede ser leída como una parábola. Sin embargo, queda una pregunta aún más importante: si las parábolas siempre son didácticas, ¿qué enseña *Esperando a los bárbaros*? Esta es la pregunta que trataremos de responder a continuación.

TEMÁTICAS Y CLAVES DE LECTURA

LA VEJEZ Y EL TIEMPO

Más que un tema en específico, la vejez supone prácticamente la atmósfera del libro. Presenciamos el desaliento, la podredumbre, la decadencia. Sin embargo, como lectores, no estamos frente a una caída vertiginosa y caótica en la desgracia, sino todo lo contrario, ya que esta deriva es lenta y apacible.

Y es que no solo hablamos del deterioro del cuerpo y de la mente del magistrado, sino que también envejece la ciudad. Esa provincia fronteriza que regenta el magistrado también va decayendo entre la calma y la obsesión por los bárbaros, entre el silencio y el desboque:

> «Yo en particular no percibí nada de toda esta agitación. Personalmente advertía que, sin falta, una vez en cada generación los bárbaros provocan un episodio de histeria. No existe a lo largo de la frontera mujer que no haya visto en sueños la mano morena de un bárbaro surgiendo bajo su cama para agarrarle el tobillo. Ni tampoco hombre que no se haya atemorizado con visiones de los bárbaros celebrando orgías en su hogar, rompiendo platos, incendiando las cortinas y violando a sus hijas. Estas imaginaciones son producto de la excesiva tranquilidad. Que me muestren un ejército de bárbaros y entonces lo creeré» (Coetzee 1989, 19).

Entonces, esos dos cuerpos, el de la ciudad y el del magistrado, así como sus mentes, se confunden, van volviéndose flácidos y seniles. Pero, además, el magistrado indica que esa vejez tiene que ver con un tiempo que parece ser artificial, el tiempo de los imperios, que es un tiempo inventado para la historia en el que todo es lineal y no circular, recurrente y uniforme como las estaciones y como, en realidad, sucede en la vida. Aún más, el tiempo mismo de la historia como lo conocemos, lineal, y codificado por los imperios, está destinado a la decadencia: tiene un principio y un final. Por ello el imperio también envejece, se vuelve arcaico, y por ello las ruinas que investiga el magistrado son tan importantes, muestra esa misma decadencia en tiempos pasados.

EL CUERPO

El cuerpo habla con un lenguaje propio. Ya hemos señalado esta noción en apartados anteriores: los masajes, las heridas, las estrías, las laceraciones hablan sobre los personajes. En especial, el cuerpo habla cuando el lenguaje articulado (palabras que en teoría tienen un significado único y una sola interpretación) es imposible. El encuentro entre «civilizados» y «bárbaros», enmarcado en *Esperando a los bárbaros*, está supeditado a estas condiciones. Entre estos dos pueblos no hay lenguaje articulado, no hay palabras específicas cuyo significado sea común. Si el magistrado dice «leche», la muchacha bárbara no va a entender que se refiere al líquido blanco extraído de las glándulas mamarias de un animal. Ese lenguaje articulado, el que está hecho de palabras, es insuficiente.

Siempre que el magistrado y la muchacha hablan, la escritura señala movimientos del cuerpo, gestualidades, ya que es en este plano en el que se entienden. En este libro no solo hay letras que forman palabras y palabras que forman frases; hay sobre todo maneras de moverse y de tocar.

Sin embargo, la comunicación a través del cuerpo no siempre tiene una connotación tan positiva en *Esperando a los bárbaros*, puesto que Joll hace habar a los aborígenes a partir de la tortura del cuerpo. La muchacha, por ejemplo, se queda ciega tras un extenuante interrogatorio, y el propio magistrado resulta herido por aceptar que no puede hacer nada frente a las sospechas de los bárbaros. Es decir, que este vínculo entre el cuerpo y la comunicación no existe solo gracias al amor y al cariño, sino también a la violencia y a la tiranía.

EL SUEÑO

Dice la voz del magistrado en uno de los pasajes, siempre bellos y poderosos, en los que cuenta uno de sus sueños:

> «...me vuelvo a dormir y sueño con un cuerpo tendido boca arriba, con abundante vello púbico que brilla como un líquido negro y oro por todo el vientre hasta introducirse como una flecha en la abertura de las piernas. Cuando alargo una mano para acariciar el vello, empieza a retorcerse. No es vello sino abejas apiñadas unas sobre otras: repletas de miel, pegajosas, se arrastran fuera de la abertura y despliegan las alas» (Coetzee 1989, 26).

No obstante, más que una observación estética, estos sueños parecen ligar la experiencia personal del magistrado con toda la problemática política en torno a los bárbaros. En sus sueños, el magistrado, ve especies de presagios de los tiempos que están por venir. ¿El cuerpo decadente, lleno de abejas y de miel, podría ser una representación del cuerpo social, de los militares que llegan a la provincia y la corrompen? O, por el contrario, ¿podría ser ese mismo cuerpo abatido por los bárbaros?

Veamos el siguiente sueño:

> «Ahora empiezo a ver lo que hace la niña. Está construyendo una fortaleza de nieve, un pueblo amurallado que reconozco en cada detalle, las torres con las cuatro atalayas, la entrada con la barraca del portero al lado, las calles y las casas, la gran plaza con el cuartel situado en una esquina [...] Pero la plaza está vacía, todo el pueblo está vacío, silencioso y blanco. Señalo el centro de la plaza. "¡Tienes que poner personas ahí!", deseo decirle. pero ni una palabra sale de mi boca en donde la lengua yace como un pez congelado» (Coetzee 1989, 89-90).

Las transcripciones de los sueños del magistrado, leídos por la voz de ese mismo personaje, nos abren, en específico, una percepción sobre la ciudad; los edificios y las problemáticas de la provincia son vistos por el inconsciente del magistrado. Así, no hay una historia oficial, un relato soberano sobre los acontecimientos políticos de los límites del imperio, sino que vemos la simbología propia y personal del viejo magistrado en torno a la política.

EL COLONIALISMO

El colonialismo es el tema de fondo de *Esperando a los bárbaros*, la idea que estructura todo el libro.

El colonialismo son todas las relaciones ideológicas, culturales, políticas, económicas, jurídicas, etc., entre las colonias y los imperios que las regentan y las regentaron. Por ejemplo, uno podría estudiar cómo la presencia de España en las Américas modificó la manera de consumo de alimentos tanto en Europa como en el Nuevo Continente. En Europa, el tomate, un producto americano, se transformó en producto central de las cocinas italiana y española; y en América, la morcilla o la empanada fueron tomando el papel de productos nacionales, hasta el punto de que seguramente muchos ciudadanos las consideran platos propios.

En el texto de Coetzee, las relaciones entre imperio y colonia son más complejas: no solo tenemos dos grupos claramente definidos, dos culturas de las cuales podemos hablar (americanos y españoles; británicos e indios; congoleses y franceses) que se interpelan y tienen conflictos. Entre los bárbaros y el imperio está la figura del magistrado, un mediador o catalizador de los conflictos entre estos dos polos. Los bárbaros no han sido colonizados, pero los ciudadanos y los funcionarios del imperio tienen una visión particular de lo que son, y los representan como salvajes que disfrutan de la violencia. Ni siquiera los ven como contendientes dignos, que podrían organizar otra cultura, sino como seres sedientos de sangre. Sin embargo, el magistrado interpelará esa visión y no dejará de preguntarse si es la verdadera.

Como el magistrado se encuentra en el límite exacto del imperio, puede confrontar el pensamiento de los militares, residentes del centro del imperio, que tienen una representación inexacta de los bárbaros. Sin embargo, los bárbaros tampoco hablan, son interpelados por ese mismo magistrado, que, así tenga un rango menor, es parte de la estructura burocrática del imperio. Podemos ver una bisagra de las ideologías de las dos contrapartes: imperio y bárbaros. Esta bisagra es el magistrado, quien luego es expulsado. Así como los bárbaros, queda fuera de los asuntos estatales.

Frente a este tema, Coetzee está respondiendo de manera problemática a una pregunta importante: ¿puede hablar y cómo puede hacerlo un sujeto que hace parte de una colonia? Expliquemos esta pregunta de manera más concreta. Un pueblo es colonizado. Desde hace milenios han hecho representaciones pictóricas con metal. El imperio del que ahora forman parte, sin embargo, ha pintado con óleos y pasteles también desde hace milenios. Para que el pueblo colonizado pueda hacer sus demandas y pedir libertad, ¿lo hace desde el lenguaje pictórico que conoce, el del metal, o debe pedir la ayuda de un pintor imperial, que traduzca del lenguaje del metal al de los óleos? ¿Deben adaptarse las colonias al lenguaje y a los modos de ser de los imperios para lograr reivindicarse y ser tomados en serio? Coetzee no responde la pregunta. Más bien, la problematiza, hace uso de un personaje intermedio para hablar sobre un lenguaje siempre difuso, una comunicación del conflicto.

PISTAS PARA LA REFLEXIÓN

ALGUNAS PREGUNTAS PARA PROFUNDIZAR EN SU REFLEXIÓN...

- ¿Cómo se imagina la escritura de esta novela si su narradora fuera la mujer bárbara? ¿Y si el narrador fuera el coronel Joll?
- Haga una descripción de la provincia y sus alrededores. ¿Qué clima hay y dónde están las antiguas ruinas bárbaras?
- ¿Qué cambiaría de esta historia si hubiera sido escrita en tiempos más recientes y con la influencia de Internet y los ataques virtuales como los efectuados por Anonymous?
- ¿Por qué cree que todos los personajes, menos uno, carecen de nombre?
- ¿Cree que todavía existen consecuencias del colonialismo en el mundo? ¿Por qué y cuáles serían estas consecuencias?
- Escriba una reflexión sobre los pensamientos del magistrado en torno al tiempo, la historia y los imperios.
- ¿Cómo se interpretan o se leen los sueños en su cultura de origen?
- Investigue qué es el postcolonialismo y explique cómo podría leerse esta obra desde esa óptica.

¡Su opinión nos interesa!
¡Deje un comentario en la página web de su librería en línea,
y comparta sus favoritos en las redes sociales!

PARA IR MÁS ALLÁ

EDICIÓN DE REFERENCIA

- Coetzee, J. M. 1989. *Esperando a los bárbaros*. Traducido por Concha Manell. Madrid: Alfaguara.

ESTUDIOS DE REFERENCIA

- Agamben, Giorgio. 2006. Parábola y reino. En *El tiempo que resta. Comentario a la carta a los Romanos*, 49-50. Madrid: Editorial Trotta.
- Gómez Ramos, Antonio. 2005. "Cuerpo, verdad y dolor: a propósito de un relato de Coetzee". En *Lo que puede un cuerpo*, 13-29. Editado por Natividad Corral. Madrid: Talassa.
- Margueliche, Juan. 2016. "¿Esperando a los bárbaros? la invención del (nos) otro (s) en la literatura de J. M. Coetzee". *Geograficando*, vol. 12, n.°1, 6. Consultado el 28 de diciembre de 2016. http://www.geograficando.fahce.unlp.edu.ar/article/view/Geov12n01a06
- Spivak, Gayatri. 1998. "¿Puede el sujeto subalterno hablar?". *Orbius Tertius*, vol. 3, n.° 6, 175-235.

FUENTE BIBLIOGRÁFICA

- Amazon, "Esperando A Los Bárbaros: 2 (CONTEMPORANEA)", 2017. Consultado el 30 de enero de 2017. https://www.amazon.es/Esperando-Los-B%C3%A1rbaros-2-CONTEMPORANEA/dp/8497593359

LECTURA RECOMENDADA

- Fauré, Marie. 2016. *El apartheid. La segregación en Sudáfrica.* Con la colaboración de Magali Bailliot. Traducido por Laura Bernal Martín. Bruselas: Plurilingua Publishing.

ADAPTACIONES

El aclamado compositor de música contemporánea Philip Glass adaptó el libro *Esperando a los bárbaros* a una ópera bastante fiel al texto original. Según lo que ha dicho Glass, la adaptación tiene vigencia debido a los paralelos entre la historia de Coetzee y la guerra en Irak, una de las más escabrosas de tiempos recientes.

ResumenExpress.com